Numéro de Copyright

00071893-1

*Esta novela es una ficción.
Cualquier parecido con hechos reales, existiendo o habiendo existido, sería sólo casualidad fortuita y pura.
Reservados todos los derechos. Queda rigurosamente prohibida, sin la autorización escrita de los titulares del copyright, bajo las sanciones establecidas en las leyes, la reproducción parcial o total de esta obra por cualquier medio o procedimiento, incluidos la reprografía y el tratamiento informático, así como la distribución de ejemplares mediante alquiler o préstamo público*

SECUESTRO EN SALAMANCA

Novela
"Obra en Castellano"
noviembre 2021

NUEVA EDICIÓN
2021

Autor
José Miguel RODRIGUEZ CALVO

© 2021 Jose Miguel Rodriguez Calvo
Éditeur : BoD-Books on Demand
12-14 rond-point des Champs-Élysées, 75008 Paris
Impression: Books on Demand, Norderstedt, Allemagne
ISBN: 9782322401536
Dépôt légal : novembre 2021.

SECUESTRO EN SALAMANCA

"San Pedro de Rozados"

José Miguel RODRIGUEZ CALVO

«Para nuestros Angelitos»

Resumen

En Salamanca, un sábado de movida, delante de un conocido "Music bar" de la Gran vía. "Daisy, una chica estadounidense, hija de un importantísimo banquero neoyorquino, que cursaba sus estudios de Castellano en la célebre Universidad, es raptada y mantenida presa en un caserío abandonado de la Provincia.
Roberto, un joven de la banda de sus secuestradores, resulta ser el encargado de la intendencia y vigilancia de la presa. No obstante, termina enamorándose de ella, y juntos van a planear una venganza contra el cabecilla, Luis Campo.

1

"Salamanca"

¡Salamanca, hace un tiempo!

En un conocido bar de la calle Concejo, que conecta la célebre plaza Mayor con la de los Bandos.
— ¡Hola, Jacinto! ¡Buenos días! ¿Qué tal dormiste?
— Bueno, bien, pero poco, ¡Anoche fue la hostia!
— ¡Si! ¿Y con tu mujer, Raquel, no hubo problema?

— No, ninguno, le conté que estuvimos toda la noche con la grúa, sacando un autocar, que se había caído en un terraplén, cerca de Ávila.

— ¿Al final, dónde dejaste nuestro coche?

— Hombre, como siempre, en el aparcamiento de la calle Toro.

— ¿Y la chica? ¿Qué te pareció? ¿Crees que está segura?

— Si, claro. Allí nadie la buscará. Además, estaba amordazada, y entrabada en aquel sótano. No te preocupes, era el sitio perfecto. Nadie se va a percatar de su presencia en ese lugar perdido.

Solo son cuatro casas medio derrumbadas, una de ella fue la de mis abuelos que se encuentra abandonada desde hace más de veinte años.

¡Y encima, en el puto sótano!

No te preocupes está en el medio del bosque, no hay carretera, como viste, el único acceso es un antiguo camino por el que no transita ni Dios.

— ¡Está bien, nos vemos luego!

— ¡Si Luis! A las dos, si te parece.

— ¡Bueno pues, a las dos aquí mismo!

Los dos, además de sus esposas, trabajaban en la misma empresa.

"Venta y taller de Automóviles Campos y Galván" situada en la *"Avenida de Portugal"*.

"Luis Campos" y "Jacinto Galván" eran socios de la dicha entidad de automóviles.

Pero para ellos la empresa era una *"tapadera"*, una fachada que ocultaba el verdadero delictivo trapicheo de todo lo que se puede traficar.

"Luis", de treinta y cinco años, su esposa *"Alba"* de treinta y la mujer de *"Jacinto"*, *"Raquel"* 29 años, se encargaban de las ventas además de la burocracia.

"Jacinto" gestionaba los cinco empleados del taller, en el cual faenaba también *"Roberto Peñas"*, un chaval de veinticinco años, siempre voluntario, optativo y ameno para cualquier tarea.

Su novia *"Natalia"*, de veintidós, era la secretaria de Luis.

Las actividades de la empresa *"Campos y Jacinto"*, no se limitaba al negocio de venta y reparaciones de coches, los dos eran amigos desde hace tiempo, se conocían desde la infancia. Juntos, habían hecho de todo, y pasado por las comisarías y cuarteles de toda la provincia.

Robos de coches, atracos en farmacias y tabacaleras, tráfico y venta de hachís entre otras muchas cosas delictivas. Jamás habían tenido algún trabajo formal o cosa parecida. Fue con el fruto de todos estos sucios negocios con el que pudieron montar la empresa.

No obstante, jamás perdieron la nefasta adicción al dinero fácil, era como si lo llevaran en sus genes.

¡Como decían!

— ¡Nosotros no hemos nacido para trabajar como negros por cuatro duros!

— ¡La vida es otra cosa, está para disfrutarla! ¡Sí, disfrutarla de todas las maneras posibles, buenas comidas, buen vino y buenas tías!

Y de manera precisa, era realmente lo que hacían, porque jamás faltaban a ninguna fiesta o movida de la alta sociedad salmantina.

Consecuencia de los numerosos favores que concedían a algunas personas de la burguesía y funcionarios de la ciudad. Llegaron a lograr abrirse hueco entre las poderosas personas que hacían autoridad en Salamanca y su Provincia.

De hecho, se reunían con todo el mundillo de rango social destacado e importante, donde se movían como peces en el agua. No faltaban a ninguna recepción o manifestación. Luis y Jacinto con sus respectivas esposas Alba y Raquel, aunque sin títulos ni nobleza, andaban airosos entre esa gente, por su elegancia y buen ver. Y a las dos damas, no les faltaban piropos y miradas insistentes por parte de muchos caballeros.

2

"Ayuntamiento"

Escasos días antes, Luis se reunió con Jacinto en una cafetería, para hablarle de una idea que se le había ocurrido, y que llevaba ya un tiempo dándole vueltas por la cabeza.

— ¡Escucha bien!

Voy a contarte un proyecto que se me ha venido a la mente, y si quieres podemos compartirlo. Se trata de ganar un montón de dinero, digamos cinco millones de euros.

— ¡Joder tío, qué dices! Saltó Jacinto.
¿Quieres atracar un banco?
¿O lo mismo quieres matar a alguien?
— ¡Nada de eso! Nosotros no somos sicarios.
Contestó Luis, estallando en carcajadas.
— ¡Es mucho más sencillo! ¡Aunque, lleva su tiempo y dedicación!

El sábado siguiente, en un conocido *"music-bar"* de la gran vía, en plena zona de ambiente, solían citarse numerosos alumnos extranjeros de la universidad. La mayoría norteamericanos, después de los cursos para tomar café o algún refresco.
Les gustaba el ambiente relajado del local y la simpática camarera rubia que les atendía con su perpetua sonrisa.
Después por la noche, todo cambiaba, el relajado bar se transformaba en llamativo "music-bar", sobre todo los sábados, donde una verdadera desbordante oleada humana llenaba las calles y colmaba los bares hasta saciedad.
Fue ese sábado noche, que *"Daisy Taylor"* de veinte años, hija del banquero neoyorquino *"Cristofer Taylor"* desapareció.
Se encontraba con unas amigas disfrutando de la noche salmantina, pero con el indescriptible tumulto la perdieron de vista.

Había salido a la terraza, escapando del sofocante calor del local, y a partir de ese momento nadie la volvió a ver. Sus compañeras la buscaron por todas partes sin éxito, pero no se alarmaron realmente, y pensaron que había regresado al apartamento que compartían en la calle *"del Prior"*, muy cerca de la plaza mayor.

Pero dos hombres, la llevaron hasta un coche aparcado a tan solo unos metros, y la obligaron a montar con ellos. Los dos secuestradores Luis y Jacinto, no tuvieron la mínima dificultad en acercarse a la joven, que trataba de abrirse camino entre la muchedumbre, por la tumultuosa avenida y meterla en el coche.

El automóvil, un *"Nissan 4x4 Terrano II"*, se dirigió hasta el puente nuevo que cruzaba el río *"Tormes"* y girando a su derecha tomaron la dirección de *"Béjar"*, hasta un pequeño poblado nombrado *"Tornadizo"*.

Allí siguieron una estrecha ruta sin asfalto, hasta llegar a un camino apenas visible, cubierto de altas hierbas que serpenteaba entre las encinas. Este, desbocaba en un caserío, a mitad derrumbado, donde se encontraba la antigua casa de los abuelos de *"Jacinto"*.

Eran más de las dos de la madrugada, pero la luna llena alumbraba el campo casi como en pleno día.

Al llegar al destino, intentaron bajarla del auto. *"Daisy"*, que llevaba los ojos cubiertos, y sus manos atadas, se puso a gritar.

— ¡No por favor! ¿Qué hacéis? Quiero volver con mis amigas a Salamanca.

— ¡Tranquila tía! No te vamos a hacer ningún daño, solo quédate quieta.

— ¡Soltadme cabrones! ¡No sabéis quién soy yo, lo vais a pagar caro!

Daisy seguía gritando, y no tuvieron más remedio que amordazarla fuertemente con un pañuelo.

— Escucha, te vas a quedar aquí, volveremos mañana para traerte de comer y beber.

Aquí tienes una litera y mantas para dormir, y en la esquina un cubo por si lo necesitas. Te vamos a dejar un pequeño candil encendido por si temes la oscuridad. Si te portas como es debido no tendrás ningún problema, pero no intentes huir o llamar la atención, porque en este lugar abandonado, pudiese incluso ser peligroso para ti. Así que quédate tranquila y todo, ira bien.

Luis y Jacinto cerraron la puerta del sótano y regresaron a la ciudad.

3

"Caserío abandonado"

Daisy Taylor, estaba completamente aterrorizada en aquel inhospitalario lugar, lleno de telarañas y de ratones, que deambulaban a su aire entre los numerosos escombros de todo tipo.
Y aquella temblorosa lúgubre luz del candil, le daba aún más la impresión de encontrarse como en una película de terror.

— ¿Pero por qué me han traído aquí? ¿Qué piensan hacer de mí?

Se preguntaba Daisy con un frenético y espantado pánico.

Para Daisy, la noche trascurrió sin poder pegar ojo. Se encontraba sola y abandonada sin esperanza del menor auxilio, además en aquel desolador y angustioso zulo. No sabía el motivo ni él porque de su desgracia, ella solo era una estudiante entre tantas otras de las que venían a cursar, en el único y mejor sitio, para la práctica del castellano más perfecto.

Claro que hay más países en el mundo, sobre todo en centro y sur del continente americano, donde se habla español, pero un idioma que ha evolucionado y alejado de la verdadera lengua materna.

Así que las familias con más recursos mandaban a sus juveniles alumnos al otro lado del mundo para cursar la verdadera lengua de Cervantes.

En Estados Unidos este idioma es primordial, sabiendo que fue el primero en establecerse en el continente, con excepción de los autóctonos indios que poblaban estas tierras.

Estados Unidos no tiene lengua oficial, aunque el inglés se impuso, y de hecho es el más hablado, el español también forma parte de él. En la mitad sur del país, es incluso la más usada por la población de origen centro y sur americano. No olvidemos que Tejas fue invadido y anexado en 1845, formando de hecho el 28º estado de los Estados Unidos.

En Salamanca las dos amigas que compartían piso con Daisy habían regresado al apartamento de la calle del Prior, donde pensaban encontrarla, pero allí no había nadie.

— ¡Joder, pero donde coño se ha metido!
Dijo *"Carley"*.

— Yo solo la vi salir a la terraza con su copa, y pensé que necesitaba tomar el fresco.
Añadió su amiga *"Alexia",* pero después ya no me fijé más.

— ¿Pues Qué vamos a hacer?

— ¡Bueno, de momento esperaremos a ver si aparece!

— ¡Esta se ha liado con un tío y sabe dios cuando llegue!

— ¡Qué raro! Daisy no acostumbra a salir sola sobre todo, por la noche!

— ¡Ya! ¡Pero alguna vez tenía que ser la primera!

— ¡Bueno, esperaremos, pero te aseguro que no estoy tranquila!

— ¡Ya es grandecita, tiene veinte años!

— ¡Si claro! Pero que esté sola por ahí, a estas horas de la noche, no me tranquiliza demasiado. ¡Imagina que se hayan metido con ella alguna de esas pandillas de macarras!

— ¡Bueno, Alexia no te pongas en lo peor, seguro

que está pasándoselo bien con algún chico, y nosotras aquí preocupadas por ella como dos tontas!

— ¡Quizás tengas razón, vamos a esperar hasta mañana, y si no aparece, ya veremos!

— ¡Pues claro!

Alexia ahora ya más serena convencida por Carley se quedó más tranquila y ambas se acostaron a dormir.

Al día siguiente domingo sobre las diez, Daisy no había todavía aparecido.

Su cuarto estaba vacío y la cama no estaba desecha, esta vez Alexia no aguantaba de los nervios y aunque Carley intentaba tranquilizarla, se puso medio histérica, y ya no atendía ninguna de las apacibles palabras de su amiga.

— *"Calm yourself Down Alexia, I can assure you she will arrive!"*

(¡Cálmate Alexia te aseguro que llegará!)

— ¡Bueno mira! ¡Si dentro de dos horas no ha llegado, iremos a dar cuenta a la policía! ¿Te parece bien? Esta vez Carley había conseguido un tanto tranquilizar a su amiga, pero ella misma, aunque se intentaba relajar y a la vez, serenar Alexia, intuía y temía alguna mala noticia. Carley, al contrario de su amiga, era una chica con fuerte carácter, que no se dejaba achicar ni abatir por cualquier cosa.

Ella había vivido su juventud en una pequeña aldea, cerca de *"Alburquerque",* Nuevo México, en el rancho de sus padres con tres hermanos mayores. Por lo tanto, estaba acostumbrada a tener que defenderse ella sola y no temía tener que luchar para imponerse.

Alexia era todo lo contrario, hija única, tímida y discreta. Se había criado en una familia burguesa de Harrisburg, en el estado de Pennsylvania y apenas tenía amigas y mucho menos amigos.
Su padre Catedrático en la universidad, y su madre Profesora de inglés en un instituto de la ciudad.
Los tres llevaban una vida tranquila y apacible.
Alexia, no solía ir a esas fiestas que los alumnos preparaban a menudo en casa de uno o de otro.
Su tiempo libre lo pasaba la mayor parte leyendo, y de vez en cuando dando algún paseo por los numerosos parques.

4

"Policía Nacional"

Eran casi las tres de la tarde cuando las dos amigas se presentaron en la Comisaría de Policía *"Ronda Santi Spíritu»*, muy cerca del conocido céntrico *"Parque de la Alamedilla".*
— ¡Buenas tardes!
— ¡Hola, buenas tardes, señoritas! ¿Qué desean?
Les contestó el policía de turno.
— ¡Verá! Venimos a denunciar una desaparición.

Se trata de nuestra compañera de piso y de estudios. Estuvimos de marcha anoche. De un bar salió a la calle por el calor o el ruido suponemos, y desde entonces no la hemos vuelto a ver.

— ¡Bien! ¿De quién se trata?
— De Daisy Taylor, estudia Castellano con nosotras en la Universidad.
— ¿Y vosotras, tenéis vuestros documentos de identidad?
— ¡Sí, por supuesto, aquí tiene!
— Son norteamericanas, ¿verdad? Sí y nuestra compañera Daisy también.
— ¡Pues, si me permiten, habláis muy bien nuestro idioma!
— ¡Gracias, llevamos ya tres años cursando aquí!
— ¡Claro, ahora entiendo!
¡Bueno volvamos a lo que les trae!
¡Me dicen que desapareció ayer en la noche a la salida de un bar, no es eso!

— ¡Si Señor Inspector!
— ¡No! Solo agente, si no os importa.
— Estábamos tomando unas copas por la zona de marcha de la Gran-vía en un *"Music-bar"* muy conocido, *"El Bounty",* no sé si le suena, y Daisy salió un momento a la terraza para tomar el aire, y desde entonces no la hemos vuelto a ver. Recorrimos toda la

calle y los bares donde solíamos ir sin ninguna noticia, nadie la había visto.

— ¡Bueno es que sería un milagro haberla percibido entre la muchedumbre! Añadió el agente ¡Una cosa! Sabéis si tiene algún novio o algo parecido.

— ¡No, por supuesto! Bueno que nosotras sepamos, ella no nos ha contado nada, pero no creo. Es muy tímida y además no se junta con cualquiera.

— Daisy Taylor es la hija de *"Cristofer Taylor"* un conocido banquero de Nueva-York, sus padres son gente muy importante.

Al oír esas palabras, el agente prestó una atención particular, no se trataba de una chica cualquiera, era la hija de una persona influente en su ciudad, y por lo tanto había que tratar el asunto con especial delicadeza. Las consecuencias podrían ser un tanto sensibles y si se complicaban, es posible hasta acabar en un asunto de estado.

Era domingo y el inspector *"Jiménez Lozano"*, que no se encontraba en comisaría, fue inmediatamente contactado por el agente, y se presentó en menos de media hora.

— ¡Buenas tardes! ¡Soy el inspector *"Julián Lozano"*. ¡Voy a atender su caso, señoritas!

— ¡Buenas tardes, inspector!

— ¡Por favor pasad a mi despacho!

A ver, aquí en sus declaraciones dicen que *"Daisy Taylor"* una de sus compañeras, desapareció ayer noche, o mejor dicho esta mañana sobre las dos de la madrugada. ¿No?

— Si Inspector, así fue.

— ¿Qué edad tiene su amiga?

— ¡Tiene veinte años!

— ¿Y por lo que veo, compartía piso con vosotras? ¿Suele salir sola por las noches?

— ¡No, jamás, en absoluto!

— ¿Saben si conoce algún chico o sale con alguien en particular?

— No inspector, salimos siempre las tres juntas y regresamos también al mismo tiempo.

— Aquí dicen que se encontraban en un *"Music bar"* de la Gran vía, y que su amiga salió a la terraza a tomar el fresco, y fue la última vez que la vieron. ¿No es así?

— ¡Si exactamente! Y desde entonces no tenemos la más mínima noticia.

— ¿No se fijaron que dirección tomó? Preguntó el inspector.

— ¡No! Había tanta gente, que solo la vimos un momento cuando salía y la observamos un instante a través de la cristalera, estaba con su copa en la terraza, y un momento después ya no la vimos.

5

A las dos de la tarde, los dos se encontraron cómo planeado en el dicho bar.

Luis Campos tomó la palabra primero.

— ¡Bueno Jacinto, para empezar, tengo que darte las gracias por tu ayuda anoche!

¡Todo ha salido perfecto hasta el momento!

Pero, a partir de ahora hay que andar con mucho cuidado, porque tendremos a la policía y la guardia civil en máxima alerta.

Esa chica no es una señorita cualquiera, es la hija de un banquero muy importante de Nueva-York, y moverá cielo y tierra para encontrarla, así que debemos actuar con mucha cautela y sobre todo inteligencia.

¡Vamos a repartirnos el trabajo, si te parece!

— ¡Si, claro, tú dirás! ¡La idea es tuya, supongo que lo tendrás todo estudiado! Dijo Jacinto.

— ¡Vamos a ver! De negociar con míster Taylor, me encargo yo, hablo perfectamente inglés y será más fácil para pactar, además tengo un plan perfecto para que pague por su hija. Nosotros no podemos faltar al trabajo, tenemos que seguir como si nada ocurriera, hay que convencer a ese chaval del taller, para que vigile y atienda la chica. ¿Cómo se llama?

— ¡Roberto!

— ¡Sí Roberto! A partir de ahora, tiene que dedicarse exclusivamente a atender a Daisy, Le vas a subir el sueldo, y convencerle de cualquier manera para que acepte.

— ¿Qué te parece?

— ¡A mí, muy bien, no tengo ningún inconveniente! Dijo Jacinto.

— ¡Oye Luis una pregunta! ¿Tendrá que llevar alguna máscara o algo parecido para que no lo reconozca?

— No es necesario, no importa, además a nosotros también nos ha visto las caras, pero no pasa nada. No te preocupes por eso, ella jamás nos delatará, podemos estar tranquilos, te lo garantizo con toda seguridad.

— ¡Bueno, está bien, si lo tienes todo claro!

— Mañana iré contigo, a ver como sigue todo

aquello!
¡Ah sí, se me olvidaba algo importante!
Añadió Luis.
¡A las mujeres ni palabra de momento, ya se lo diremos más adelante!
Jacinto iba a conseguir la participación de *"Roberto"*, aunque él solo se comprometió a cuidar de la chica y proporcionarle las subsistencias y cosas necesarias e imprescindibles, para su bienestar.

Al día siguiente Luis y Jacinto se presentaron en el lugar de detención de Daisy con comida, bebida y algunos sencillos productos de aseo.
Ella rendida, había logrado quedarse dormida.
Al oír la llave en la cerradura de la puerta, se sobresaltó y se puso en pie.
Jacinto entró el primero y la dejo libre, quitándole todo lo que impedía sus movimientos.
¡Momentos después, bajó Luis y exclamó!

— *" Good morning, Miss!" Did you sleep well?*
(¡Buenos días, señorita! ¿Dormiste bien?)
Daisy no contestó.

— ¡No pongas esa cara, mira, hasta te traemos el desayuno a la cama! ¿Qué te parece el detalle?
Y, además, algunas cosas para que te pongas guapa.
Daisy tomó su desayuno sin decir palabra.

— ¡Chica! Tenemos que hablar, así que te

aconsejo que cooperes con nosotros por tu bien!
¿Supongo que querrás salir de aquí cuanto antes verdad?
¿Mira aquí te traigo un cuestionario, me lo vas a rellenar con todos los datos que te pido, estamos de acuerdo?

— ¡Vale! Contestó tímidamente Daisy.

— ¡Yo ya conozco todas las respuestas, solo quiero saber si puedo confiar en ti!
Verás, es fácil. Nombres y apellidos de tus padres y de tus hermanos, dirección, teléfono y e-mail de tu padre etcétera.
¡Momentos después!
Ahora te vamos a maquillar y hacer un pequeño montaje como en el cine, y tomar una foto para mandársela a tu familia.
¡Verás que divertido!
Luis y Jacinto, le volvieron a poner las cadenas y rasgaron su vestido por varias partes, la despeinaron y la cubrieron de polvo, después la echaron sobre la colchoneta y le pintaron ojeras y simularon lágrimas y para terminar, pusieron un periódico Nacional del día a su lado.

— ¡Bueno, chica, es el momento de colaborar!
Nos vas a poner una cara triste, ¿estamos?

— Daisy no tuvo que esforzarse demasiado, la chica estaba asustada y desecha, y no paraba de llorar.

Una vez tomada la foto, la dejaron libre para que se cambiara y la volvieron a amarrar.

— Daisy escucha, a partir de ahora será un chico llamado Roberto que te visitará, si tienes algún problema o necesitas alguna cosa, lo comentas con él, Roberto nos dirá lo que requieres, y si es razonable, y posible, te lo proporcionara.

Tú no comentes nada con él, y sobre todo no intentes apaciguarlo, porque es solo un mandado.

Él no tiene ningún poder de decidir ni de actuar sin nuestro consentimiento, por lo tanto, cuidado con lo que haces, porque nos revelará todo lo que digas.

Estás advertida, a la mínima provocación atente a las consecuencias. ¡Así que ya lo sabes!

Después de estas advertencias, Luis y Jacinto regresaron a Salamanca.

6

"Policía"

Desde el domingo por la tarde, el inspector *"Julián Lozano"* se puso en contacto con el Comisario Principal y fue una carrera contra reloj para localizar a Daisy. Todos los locales de la zona fueron visitados por la policía y los responsables y camareros interrogados por si sabían algo de la chica.
Pero nadie la había visto esa noche.
Tratándose de una extranjera, las autoridades alertaron la embajada estadounidense situada en la

Calle de Serrano, 75 de Madrid, la cual se puso en contacto con los padres de Daisy.

Cristofer Taylor y su esposa tomaron inmediatamente un *"jet"* privado, y al día siguiente aterrizaban en el aeropuerto de Salamanca.

Fueron recibidos por las autoridades de la ciudad, además por el embajador de Estados Unidos y el ministro del interior español que habían llegado al aeropuerto salmantino desde Madrid.

Como era de esperar, este gravísimo suceso había desatado un considerable y significativo tumulto, por tratarse de la hija de Cristofer Taylor un importantísimo personaje en su ciudad.

Pero a pesar del contundente desarrollo de fuerzas policiacas que peinaron íntegramente la ciudad, y arrestado algunos conocidos delincuentes, y visitado algunos locales nocturnos un tanto dudosos, no lograron resultado alguno.

La pareja Taylor habiendo tomado aposento en el Gran Hotel, al lado del Mercado cubierto, recibieron una carta con la foto de su hija y una misiva con estas lúgubres y siniestras palabras:

Señores de Taylor:

"*Si quieren volver a ver a su hija viva, tendrán que ingresar antes de setenta y dos horas, la cantidad de cinco millones de euros, en una cuenta situada en un banco de "Bahamas en el mar del Caribe".*
Un documento les llegará por correo electrónico encriptado, con todos los datos para efectuar el giro.
Si siguen escrupulosamente estas instrucciones, le entregaremos a Daisy inmediatamente.
Pero si por casualidad implican de algún modo a las autoridades, su hija le será entregada por correo en su domicilio descuartizada en varios paquetes.
Así que les recomiendo que regresen de inmediato a su país, porque su hija ya no se encuentra en España"

M. M.

Cristofer Taylor y su esposa no sabían que hacer, por una parte, hubiesen querido confiar en las numerosas fuerzas de policía, así como en la estrecha colaboración de los servicios especiales de los dos países. Pero cuando miraban la foto de su hija en aquel lamentable estado, temían lo peor, y no querían arriesgarse a que sucediese aquel fatal prometido desenlace.

No se lo perdonarían jamás.

— ¿Qué hacemos Cristofer?

Preguntó " *Ellen*", su mujer, entre llantos, medio histérica.

— No podemos arriesgarnos a que ocurra una desgracia, mira cuantos casos semejantes suceden casi a diario en algunos países sur americanos.

— Sí, ya lo sé perfectamente, pero aquí en España y en Europa no suelen pasar estas cosas.

— ¡Pues mira, si ocurren!

— "*Fuck that shit!*" (¡Joder que mierda!) ¡Si cojo a esos cabrones, les corto los huevos! Cristofer fuera de sí, pego un puñetazo en la pared, que le hizo sangrar.

— ¡No te pongas así querido! Mira lo que te has hecho en la mano.

— ¡Ellen, vamos a pagar!

— ¡Si Cristofer! Yo creo que es lo mejor, no me fío de todos esos funcionarios, que solo suelen buscar notoriedad y medallas. Luego, si sale mal, no pasa nada, su vida sigue igual.

— Bueno pues vamos a regresar a casa y seguir las instrucciones de esos cabrones.

Cristofer y Ellen se despidieron de las autoridades y regresaron la misma tarde en su *"jet"* a Nueva York.

7

Para los secuestradores, era el momento de pasar a la fase siguiente. Debían asegurarse de que Daisy no los delataran jamás, y para eso, tener algo que lo impidiera, porque si Cristofer Taylor pagaba, no les quedaba más remedio que dejar libre la chica.

¡Sí, podían haberla matado! Pero el plan de Luis no fue jamás llegar hasta esos extremos.

Ellos eran delincuentes, pero no asesinos. Entonces como asegurarse que no revelase sus identidades.

Una vez más lo tenía planeado.

Luis decidió de contar todo el asunto a Alba, su mujer, Raquel la esposa de Jacinto y Natalia su secretaria y novia de Roberto.

Una noche se reunieron todos en el piso de Luis y Alba.

Después de haber contado a las mujeres todos los detalles y las consecuencias, pero también la feliz gratificación del secuestro de Daisy.
Prosiguió.

— Normalmente, ahora se trata de impedir que nos pueda acusar. Para eso, tenemos que ponerla en una situación que no le compense hacerlo.

— ¡La verdad, No entiendo como podremos impedir que hable, si la soltamos!

— ¿Y cómo hacer que se calle?

— ¡Es verdad, una vez suelta es imposible!

Las tres mujeres se preguntaban, como Luis iba a conseguir que Daisy, no hiciera público todo lo que había sufrido.

— ¡Mirad, es sumamente sencillo!

¡Lo que menos desea un eminente y respetado banquero, en este caso Cristofer Taylor, es un escándalo! Sobre todo, teniendo en la mira su candidatura de Diputado.
Para eso, vamos a hacerle unas fotos a su niñita, en posturas sugestivas y provocativas. ¿Cómo diría yo? ¡Vehementes!

— ¡Para eso necesito voluntarios!

— ¡Cuidado, se trata sencillamente de simular posturas escabrosas en su compañía!
¡Y, la única cara que se verá será la suya!

Sin hablar de sus padres, ella misma jamás querrá ver en internet esas fotos. Serían la más vergonzosa y humillante situación de su vida. Una que jamás podría conseguir deshacerse, borrar o hacer desaparecer.
Esta vez, convencidas las tres, convinieron que Luis era un maestro.
¡Si, un ¡Puto y magistral maestro!

¿Pero cuál iba a ser el "rol" de cada uno?
Porque claro, tendrían que parecer como sus amantes tanto los hombres como las mujeres, para que Daisy pasara por una puta ramera.
A todos y todas les gustaba la idea de Luis, pero de ahí a salir en cueros con ella. Algunos no lo tenían claro.
Esto había que decidirlo ya de una vez por todas, y Luis añadió.

   — ¡Aquí estamos todos para el reparto del dinero! ¡No! ¡Pues estaremos también para lo que haga falta!
Luis tuvo que usar de su poder de persuasión para que todos participaran en aquel trabajo, que les daría la certeza de que Daisy y menos aún sus padres, jamás divulgaran nada de aquel asunto.
Sería un verdadero suicidio para toda la familia y una vejación de la que nunca volverían a levantar cabeza.
Así que iban a aceptar porque era la única manera de recobrar a su hija. Y poder evitar el lamentable y penoso desprecio de la sociedad.

8

"Fotos simuladas"

Tratándose de Daisy, Luis iba a obligarla a acceder a sus exigencias, explicándole todas las nefastas consecuencias que llevaría su negado. Y aunque le llevó un poco de tiempo, Daisy no teniendo otro escape, aceptó. Jacinto y Roberto, se encargaron de traer algún decorado, una sencilla tela de fondo y un sofá, además de unos focos alimentados por una batería de coche y algunas cosillas más. Las fotos las harían con el smartphone de Luis.

Sobre las diez de la noche, los seis se presentaron en el caserío y descubrieron a Daisy atada y amordazada en la bodega. Rápidamente las damas, la asearon y la maquillaron, después la cambiaron con una ropa interior sugestiva, El decorado ya estaba listo desde el mediodía. Jacinto y Roberto se encargaron de montar los focos, y todo estaba dispuesto para las tomas.

Luis cogió a Daisy aparte y le recordó seriamente lo que tenía que hacer.

Al final todos habían aceptado su pequeña participación en el reparto.

Después de haberse preparado, quitándose alguna ropa, Luis fue el primero en hacerse la foto con la chica. A continuación, fueron una veintena de fotos cachondas las que se tomaron con todo tipo de situaciones y posturas todas sugestivas y provocadoras, con cada uno de los seis participantes.

Al cabo de media hora tenían en sus manos el preciado pasaporte para la tranquilidad.

Daisy estaba agotada, todo le parecía un sueño, peor, una pesadilla de la que se iba a despertar.

— ¡Chica! No te preocupes, si tus padres pagan, y todos os olvidáis para siempre, estas fotos jamás las verá nadie, pero como ya te dije si no guardáis el secreto, e intentáis hablar con la policía, al momento siguiente, esto recorrerá internet para siempre, sabes que no habrá marcha atrás.

¡Vamos, tú ya sabes perfectamente cómo funciona esto!

— ¡Sí, ya lo sé! Podéis estar tranquilos, jamás se nos ocurrirá denunciaros, pero por favor, ¡soltarme ya! Dijo Daisy ya un poco más tranquila.

— ¡No te preocupes, pronto estarás libre!
Después de amarrar y amordazar cuidadosamente a Daisy, todos regresaron juntos al piso de Luis y Alba. Tenían que verificar las fotos cuidadosamente, por si había algún detalle que pudiese delatar alguno de ellos.
En tal caso podrían modificar las fotos de tal forma que no reconocieran a nadie.

— ¡Bueno, vamos a ver esas maravillosas fotos!
Luis descargó el contenido de su Smartphone en el ordenador.
¡Ya sé que tendremos que maquillar el maravilloso tatuaje que Jacinto lleva en su brazo, y también el precioso lunar de Natalia!
En ese preciso momento Luis se percató de que había hablado demasiado. Pero, era tarde, todos habían oído algo raro y sobre todo Roberto.
Como sabía Luis que Natalia tenía ese peculiar lunar en ese sitio. Hubo un silencio de muerte, pero Roberto no pudo aguantar.

— ¡Oye Luis! Qué coño estás diciendo del lunar de mi novia, y como sabes tú que lo tiene justo ahí.

¡Porque en las fotos no sale!
Luis no supo que decir, lo habían pillado, o más bien se había delatado el solo.

— ¡Roberto tranquilo!
¡Todo tiene una explicación, y te aseguro que te voy a contar todo, no te preocupes!

— ¡Pero qué cojones que no me preocupe!
¡Eres un puto cabrón de mierda! ¡A ver si te crees que me chupo el dedo!
¡Harías mejor de ocuparte de lo que hace tu mujer por ahí, no te jode!

— Bueno tranquilizaros un poco, este no es el momento de ponerse de esa manera, hay cosas que tenemos que hacer urgentemente, después cada uno arreglará sus cosas. Añadió Jacinto.

— ¡Y tú también cállate!
¡Porqué eres, igual de lo mismo! ¡Aquí todos podemos hablar, y tenemos algo que contar!
Aquello se había trasformado en un verdadero arreglo de cuentas personales, y había para todos.
El ambiente estaba ardiente y exaltado.
Con toda seguridad, tendrían que explicarse en algún momento, y aclarar las cosas.
Por fin, Luis consiguió apaciguar un tanto. el alterado ambiente. Entonces, visionaron las fotos modificando algunos detalles.

A continuación, les explicó la forma y la manera en que las iba a mandar a los padres de Daisy, para que la policía no pudiera saber el lugar de donde provenían. Todos dieron su consentimiento, sabiendo que era Luis que se encargaría de mandarlas a Nueva York. También les explicó con todo detalle, la manera y cuando podrían disponer del dinero sin ningún problema.

— Sabéis que vamos a tener que seguir un tiempo nuestra vida normal, hasta que llegue el momento de disfrutar plenamente del fabuloso dineral con toda tranquilidad. De no ser así, cambiar de un día para otro nuestra forma de vida, comprándose cosas lujosas o gastando sin contar, llamaría de inmediato la atención. La gente podría rápidamente percatarse de algo raro y no tardaría demasiado en llegar a oídos de la policía.

— Si os parece, primeramente, vamos a esperar el resultado del *"golpe"*, antes de solucionar nuestros pequeños conflictos personales.

— ¡Pequeños conflictos! ¡Dice!

No pudo por menos, contestar Roberto.

9

"New York"

En Nueva York, Cristofer Taylor, esperaba los datos del banco y de la cuenta para efectuar la trasferencia.
Él, confiaba en que se los iban a comunicar por mail o algo así, y no dudaba que los servicios especiales de la policía no tardarían ni unas horas en recuperar la proveniencia exacta y el propietario del mensaje.
Los expertos saben perfectamente remontar hasta el propietario del ordenador o smartphone del cual sale un mensaje.

Así que él se fiaba tranquilamente. Pero, no fue así.

Luis también sabía que no tenía que utilizar ningún medio de comunicación de la red, porque todos dejan huellas, y no tardarían en atraparlo.

Entonces, se le ocurrió el viejo y antiguo sistema del correo, el correo de siempre como el que traen los carteros. Esa forma de comunicarnos que se vuelve cada día más obsoleta, aunque no imposible, es más difícil de controlar, por lo tanto, fue por una sencilla carta sin remite. Además, fue desde un pueblecito cerca de Guarda en Portugal, de donde partió la misiva. Y funcionó perfectamente, porque al ver las fotos depravadas y perversas de su hija, Cristofer Taylor no tuvo ya ningún reparo. Tres días después el dinero estaba en la cuenta del banco caribeño.

Para Luis y sus compinches había sido un éxito, un fenomenal éxito.

Pero todos sabían que tenían que aclarar todo sobre sus vidas privadas y sus engaños.

10

"Plaza Mayor de Salamanca"

Rápidamente, Daisy fue liberada, por Romano y Jacinto y la dejaron a la entrada del milenario *"puente Romano"*, que cruza el río Tormes.

Desde allí, caminó hasta el piso que compartía con dos compañeras en *"la calle del Prior"*.

Sus amigas al verla se lanzaron a su cuello y las tres acabaron rompiendo en lágrimas.

Para Daisy, aquello parecía un milagro, porque ya no confiaba en ser liberada.

Había visto las caras de toda la banda de secuestradores.

Y sabía perfectamente que, aunque Luis le aseguraba que si hacía lo que le pidieran la liberarían, ella jamás pensó que cumplirían su palabra.

No obstante, era verdad, no estaba soñando, eran sus amigas las que la estaban abrazando y comiendo a besos, allí en su piso de Salamanca. Inmediatamente Daisy llamó a sus padres a Nueva York, y las compañeras avisaron a la policía, que se presentó al instante.

El Inspector *"Julián Lozano"*, que llevaba el caso desde el principio, le hizo un verdadero interrogatorio, pero Daisy alegó que no se acordaba absolutamente de nada. Lozano avisó las autoridades españolas y estadounidenses del peculiar caso. Daisy había aparecido, en perfecto estado de salud, pero sufría algún tipo de amnesia. Fue ingresada en el hospital universitario, para hacerle los análisis y chequeos pertinentes.

Su padre *"Cristofer Taylor"* insistió en que su hija, regresara a Estados Unidos de inmediato, y fue su *"jet"* privado que aterrizó en el aeropuerto de Matacán al día siguiente.

Después de cumplir con los requisitos necesarios, el avión despegó hacia Nueva York, el mismo día por la tarde.

11

Todo había funcionado a la perfección. Ya eran ricos, y sin tener que haber cometido ninguna desgracia, otra que mantener a Daisy Taylor algunos días privada de libertad, y bueno también aquel vergonzoso *"Photo Shooting"* que a su tiempo pondrían a Luis y los demás en un inesperado e improviso apuro.

Ese error, seguramente el único fallo de Luis, en este asunto, les iba a traer de cabeza.

Porque ya nadie se fiaba de nadie, seguramente todos mentían en algún momento para salvar el pellejo.

El que más o el que menos tenía algo que disimular, porque todos cometían o habían cometido algún acto represible y reprochable.

Así que, ¿Como salir de esa situación?

Aquella noche en casa de Luis y Alba, se dijeron muchas palabras. Luis por inadvertencia y descuido, pero también Roberto que puso en duda la reputación de Jacinto. Además de los impetuosos insultos que manifestó profusamente sobre su jefe, Luis.

Y las mujeres, aunque calladitas, también tenían algún reproche que ocultar, por eso, no manifestaron en aquel momento ninguna desaprobación, y prefirieron esperar algún tiempo antes de intervenir. Pero era mal conocerlas, ya llegaría el momento para cada una de ellas, de entrar en escena.

Y la primera fue Alba, la mujer de Luis, esa misma noche, nada más a solas.

— ¡Oye Luis! Ven aquí un momento.

— ¡Sí, qué quieres Alba!

— ¡Qué quiero! ¿Me preguntas qué quiero? ¡Serás cabrón! ¡Y encima se hace el desentendido! ¿Qué pasa con Natalia? ¡Si! ¡Esa puta de Natalia! ¿Mira a mí no me vengas con cuentos, que lío tienes tú con esa zorra?

— ¡De lío nada, ¿por qué? ¡Solo es mi secretaria y nada más!

— ¿Entonces cómo sabías, dónde tenía ese puto lunar?

— ¡Yo qué sé! ¡Seguramente ella lo comentó algún día en alguna conversación, no tengo ni idea!

— ¡Pero tú crees que soy tonta! Ninguna mujer mencionaría eso delante de un hombre.

— ¡Anda cálmate! No saques todo de quicio, por

favor, tú sabes que es la novia de Roberto el del taller, y están siempre juntos.

— Menos cuando te la llevas a los *"Mundiales del Auto"* a Paris o Berlín, y a todas partes.
¡No me digas que solo es para el trabajo!

— ¡Pero qué dices! Es mi secretaria, y para eso se le paga, para hacer su trabajo, y nada más!
Aquí, y cuando tengo que desplazarme a los eventos, ¡o quieres que haga yo también su faena!
¡No te jode!

— ¡Bueno ya hablaremos de quien jode quien!

— ¡Oye por favor! No te pongas así porque yo tampoco soy tonto, a ver si te crees que no me doy cuenta de cómo coqueteas con algunos de nuestros amigos del *"circulo"*, y con Jacinto, cuando os pillé en la oficina.

— ¡No digas tonterías fue solo un beso amistoso!
Entre Luis y Alba, las cosas iban a quedar así, porque ella también aprovechaba los viajes de Luis y su ausencia para desmadrarse con varios amigos del *"círculo",* que la corteaban descaradamente sin ningún recelo ni desasosiego.
Alba sabía que Luis había sido siempre un mujeriego, y no era la primera vez que tenían esas discusiones y desavenencias. Luis no desaprovechaba ninguna ocasión para intentar coquetear con las mujeres, que raramente se le negaban, porque a sus treinta y cinco

años estaba en la flor de la vida, y le gustaba disfrutarla. Pero Natalia, con sus veintidós años, no era de menos. Cambiaba de novio como de camisa y no le importaba demasiado, el *"qué dirán"* de la gente. Era una chica de su tiempo, a quien no le importaban los daños que pudiese causar a los demás, elle iba a su aire y luego, *"si te he visto no me acuerdo"*.
Como esa vez, en el *"Salon de l'Automobile"* de Paris, Como de costumbre, reservaban dos habitaciones en un hotel cerca de la *"Porte de Versailles"* donde tienen lugar todos los eventos importantes parisinos.
Habían terminado el primer día de trabajo, y después de cenar juntos en una *"brasserie"*, regresaban al hotel, cuando a Natalia se le antojó ir a tomar algunas copas.

— ¿Joder Natalia, no estás cansada?, yo estoy rendido.

— ¡Venga ya! Nos tomamos un par de cubatas y se te pasa el cansancio, ya verás.

— Luis accedió por no hacerle un feo. Recorrieron todos los bares de la zona, y los dos iban ya bien cargados. A las dos de la madrugada, llegaron por fin al hotel, y se despidieron delante de la puerta de la habitación de Natalia.

Diez minutos después llamaban a la puerta de Luis.
Se levantó de la cama y se dirigió hacia ella.

— "Oui qui c'est!" (¡Si quien es!)

— ¡Soy yo Luis, abre!

Luis reconoció la voz de Natalia, y abrió.

La chica permanecía ahí, plantada delante de su puerta completamente en cueros, y sin pronunciar ni media palabra, se lanzó a su cuello, y lo empujó hasta la cama.

— Ya sabía yo que no te me ibas a escapar jodido. A ver si te crees que eres tú el único que sabe cómo tirarse a las demás.

¡Hoy soy yo quien manda!

La noche, ▬▬▬▬▬▬▬▬▬▬▬▬▬▬▬▬ rendidos.

Y así pasaron los quince días que duró el *"Salon"*. Cada noche era ~~ya~~ como un *"rendez-vous"* de novios, y allí en Paris hasta los otros exponentes les llamaban de *"Monsieur et Madame"* porque no se escondían lo más mínimo. Tanto fue así, que Natalia mudó todas sus cosas a la habitación de Luis. A su mujer Alba y a

Roberto les habían dicho que el hotel no disponía de teléfonos particulares en las habitaciones, y que les llamaran por el móvil. De esa forma disfrutaban de total libertad para satisfacer con inocuidad sus deseos. Y lo mismo ocurría cuando tenían que ir a los eventos automovilísticos más importantes, como el de Berna en Suiza o de Berlín. Porque como decía Luis, tenemos que estar al corriente de las numerosas novedades, si queremos seguir en el mundillo de la burguesía.

Siempre viene alguno a preguntarte por cualquier novedad, y tienes que poder darle información, si quieres persistir y perdurar entre ese pequeño grupo de alto rango que lidera los negocios y la política.

Todos sabemos que esto funciona así. Y muchas veces te ponen a prueba solamente para ver si eres un verdadero profesional, o si vas de farolero. Disfrutan de verte atrapado y no saber contestar a una de sus preguntas, que solo hacen para pillarte. Mucha de esa gente, no soporta que alguien que no es de su mundo venga a darles lecciones, o simplemente intente alzarse a su nivel. Por eso mismo tenemos que estar siempre alertas e intentar no cometer el más mínimo fallo, que te delataría. A partir de allí estarías en todas las bocas como un impostor, o un vulgar plebeyo. Esa gente solo se junta con otros por interés. Solo si te necesitan, pero jamás te consideraran uno de los suyos. Hay que saber, que, aunque te hablen bien y parezca que te respetan, es solo una apariencia.

Pero para nosotros, no se trata lo más mínimo, que te consideren de los suyos o no. Se trata únicamente de poder entrar en su proprio juego, y servirse de sus relaciones para nuestro provecho.

12

En casa de Jacinto y Raquel, también hubo intensas explicaciones y discordia.

— ¡Oye Jacinto! ¡Qué quiso decir Roberto, cuando dijo que tú eres igual que Luis!

— ¡Y yo que sé! No viste que estaba enfurecido, ya ni sabía lo que decía.

— Bueno no estoy segura, pero cuando el río suena...

— Vamos a ver si le vas a hacer caso a ese niñato, que no tiene ni puta idea de la vida, hoy en día, están casi todos medio atontados de los porros y las litronas. Raquel, aunque no convencida por la respuesta de Jacinto, decidió no seguir con el asunto, porque tenía otras inquietudes en la cabeza, a causa del dinero y del *"golpe"* que, a pesar de las tranquilizadoras palabras de Luis, no lo tenía muy claro, y sentía un irremediable temor y sensación de inquietud por lo que pudiera pasar. Había sido demasiado fácil conseguir esa cuantiosa cantidad de dinero. Algo inexplicable y curioso en su mente impedía convencerla.

— ¡No me cabe en la cabeza, no estoy tranquila! Pensaba temerosa Raquel.

¿Y si el plan de Luis falla?   ¿Y si consiguen reconocernos en esas fotos?

Hoy en día, la policía tiene muchos medios para saber si algo está trucado y te pueden identificar por un pequeñísimo detalle, que tú no percibes a simple vista. Pueden analizar la más ínfima parte de tu piel, y tan solo, un pequeñísimo lunar o una cicatriz es suficiente para delatarte.

Y las huellas dactilares o el ADN, no sé si han pensado en limpiar perfectamente todo aquello en la bodega, porque sino, quien sabe lo que van a encontrar allí.

Su mente no la engañaba, había sido como un juego, como una farsa, casi como una broma o una comedia graciosa. En todo caso, nada de lo que suele ocurrir en la vida real.

Raquel estaba arrepentida, y hubiese dado todo porque aquella insensata estupidez, no hubiese ocurrido.

— ¿Pero, cómo he podido yo meterme en esa verdadera locura?

Se preguntaba Raquel.

— ¡Porque es una locura, una auténtica demencia! Pero ahora ya es demasiado tarde.

Pasaba, los días y las noches, pensando lo que ocurriría si la policía los pillaba.

— ¿Cuántos años de cárcel podrían caernos por esta insensatez?

Yo jamás aguantaré encerrada entre cuatro muros, rodeada de yonquis y asesinas.

Por un momento pensó en denunciarse, a ver si con ese gesto, los jueces lo tenían en cuenta y podrían atenuar su condena, o mejor salir libre con tan solo alguna altísima multa.

¿Pero qué pasaría con Jacinto y los demás?

Era un verdadero dilema.

Luis y Roberto no tuvieron ninguna explicación. Roberto iba a seguir trabajando en el taller como de costumbre, pero bastantes cosas habían cambiado.

Roberto y Natalia habían roto, y ya no se hablaban. No solamente por la infidelidad de su novia, sino también porque había ocurrido otra cosa, algunos días antes.

Efectivamente, algo había pasado durante el tiempo que Roberto se encargaba de Daisy en aquel sótano.

Roberto era la persona que ella veía a diario y que le proporcionaba todo lo que necesitaba.

Los dos jóvenes se habían enamorado mutuamente, y por parte de Daisy, no era el llamado *"Síndrome de Estocolmo"*, era amor de verdad.

De tal forma que cada día, los dos estaban deseando el momento de verse, porque el idilio, se había convertido en una imprescindible e imperativa necesidad de estar juntos.

Roberto le había prometido que la sacaría de allí, y que encontraría la forma para que pudieran vivir su amor a la vista de todos.

— ¡No te preocupes Daisy! Esto va a terminar rápidamente, ya tengo un plan para que todo concluya bien. ¡Confía en mí!

— Si cariño, yo jamás te acusaré de nada. Todo lo contrario, porque no quiero que dudes un instante que te amo.

— Déjame solo unos días, para que planifique algunas cosas, después ya estarás libre, y si conseguimos convencer a tus padres, te aseguro que además recuperarán el dinero, y si ellos lo aceptan, podremos estar juntos los dos.

— Bueno Roberto, pero sé prudente no hagas tonterías.
¡Prométemelo!

— Si Daisy, no te preocupes, andaré con mucha cautela. ¡Te quiero cariño!

Efectivamente Roberto tenía un plan.

Sabía que Luis iba a tomar esas fotos para asegurarse de que nadie jamás los delataría.

Él se lo comunicó a Daisy, y le dijo que aceptara esta calurosa y vergonzosa pero imprescindible situación.

Le dijo, que él también tenía que participar, y que lo perdonara.

— Lo siento Daisy, tenemos que hacerlo así, pero te aseguro que Luis, el cabecilla de todo esto, y Jacinto lo pagarán caro.

Su idea ante todo era poder estar con Daisy, para eso tendría primero que convencer a sus padres de no implicarlo devolviéndoles todo el dinero.

A continuación, hacer que el peso de la justicia cayera sobre Luis Campos que había imaginado el *"plan"*, y Jacinto Galván, su socio cómplice de siempre.

Los demás de la *"banda"* eran solamente seguidores, por lo tanto, no deberían estar demasiado implicados.

Al mismo tiempo, se vengaría de Luis por haberlo humillado, habiendo sido el amante de su novia, durante tanto tiempo.

13

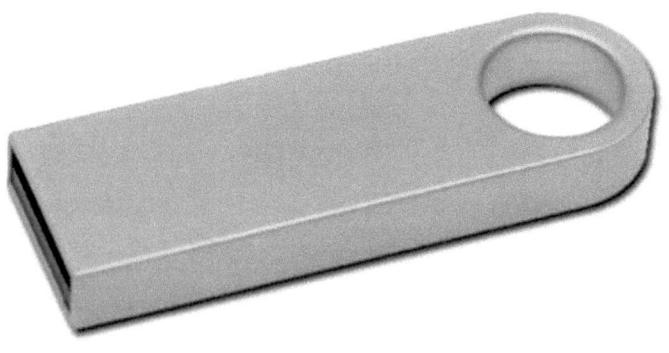

"USB"

Como conseguir, que su atrevido y sorprendente proyecto funcionara. Parecía una cosa imposible, solo en el cine se ven cosas así.

Pero *"Roberto Galán"* con tan solo veinticinco años, lo iba a intentar, poniendo toda su temeraria juventud para conseguir su sueño, *"Daisy Taylor"*.

La primera de las cosas sería hacerse con las fotos tomadas en el caserío.

Pero las originales las guardaba Luis en su ordenador de la empresa.

Sabía también que no había hecho ninguna otra copia, para impedir la multiplicación de posibilidades de fuga o pérdida del valioso fichero.

También las había borrado definitivamente de su smartphone, por ser demasiado comprometidas.

Por lo tanto, tenía que conseguir acceder de alguna manera a su PC, pero Roberto ignoraba la clave.

Y tan solo una persona, además de Luis, la conocía, y esa persona era Natalia su secretaria, y su ex.

Roberto y Natalia ya no se hablaban desde esa noche en casa de Luis, por lo tanto, sabía que no podía contar con ella para que le revelara la clave, sobre todo después de lo que pasó.

Roberto se encontraba delante de un callejón sin salida. Una barrera que no podía franquear, pero a pesar del abismal obstáculo no se iba a dar por vencido. Tenía que intentar algún modo de acercamiento con Natalia, sabiendo que no sería sencillo y que le costaría reanudar con ella. Aunque solo fuese poder comentar algunos temas sin interés entre colegas de trabajo. Y fue lo que con mucha dedicación perseverancia y tesón consiguió.

Con infinidad de rodeos cautela y mucha paciencia, Roberto logró intercambiar algún tímido *"¡hola!"*, *"¡buenos días!"* o *"¿qué tal?* con Natalia, pero, estaba lejos de pasar a pedirle algún favor, sobre todo como el que quería conseguir.

No obstante, el método, aunque lento y penoso, empezaba a dar sus frutos. Roberto hacía todo lo posible para coincidir en el espacio de descanso para tomar un café o alguna golosina de la distribuidora.

Estaban casi siempre rodeados de algunos de los empleados, lo que facilitaba las charlas de siempre, y en varias ocasiones, compartieron alguna que otra conversación.

Con el tiempo, empezaron a comentar algunos graciosos recuerdos del pasado, y la confianza volvía a renacer entre los dos, pero esta vez como amigos.

Y era exactamente lo que buscaba Roberto.

Hasta que un día se atrevió.

— ¡Oye Natalia! ¡Porque no quedamos una tarde después del curro a tomar algo, como amigos claro!

— Bueno, ¿por qué no?

— ¡Te apetece esta tarde!

Si no tienes nada planeado claro.

— ¡No! ¡Está bien, no tengo nada! ¿Dónde vamos?

— ¡Donde tú quieras Natalia!

— Bueno vamos a la gran vía, conozco un *"music bar"* muy chulo.

— Sí, yo también, seguro que es el mismo.

Así salieron varias veces, y los dos conversaban con cada vez más confianza de todo tipo de temas.

Por fin llegó el momento para Roberto de sacar la conversación sobre el asunto que le interesaba, aunque temía que Natalia se cerrara, y no consiguiera nada.

— ¡Oye Natalia! ¿Tu manejas bien los ordenadores?

— ¿Claro, por qué?

— ¡Es que tengo ganas de comprarme uno, pero debe ser un coñazo entenderlos!

— ¡Qué va! Es la mar de fácil, aunque al principio tienes que saber algunas cosillas, si quieres yo te aprendo las bases, después ya verás tu solo lo vas descubriendo.

— ¡Genial tía! ¡Claro que me interesa, vamos si no cobras mucho!

— ¡Anda bobo, no seas gilipollas!

— ¿Me acompañarás a comprarme uno? ¡Porque yo no tengo ni puta idea!

— Cuando tú quieras, por supuesto.

— ¡Vale tía! Le voy a pedir el dinero prestado a mi padre, luego se lo devolveré, cuando cobre. Tiene gracia, tenemos millones y voy a tener que pedir prestado.

— ¿Cuánto me puede costar?

— ¡No sé! ¡Depende para qué lo vas a utilizar! Porque si es para juegos necesitas uno más potente.

— ¡No, qué va! Yo solo lo quiero para internet, chatear y guardar algunas fotos y cosas así!

— Bueno entonces, yo en tu lugar me compraría

uno pequeño, suelen ir bien y son baratos, cuenta con unos cuatrocientos o quinientos euros como máximo.
Oye, una pregunta tonta;
¿Tú tienes acceso a internet en tu casa?

— ¡Si claro! ¡Bueno creo que sí! Mis padres tienen una *"Box"* o algo así por la que ven un montón de cadenas extranjeras.

— ¡Vale entonces sí! Te funcionará por Ethernet, o por Wifi.

Roberto estaba encantado, aunque tenía que comprarse ese puto trasto, pero era necesario, y casi imprescindible.

Así que quedaron unos días después para comprar su computadora. Una vez conseguida, por las tardes, según los días, quedaban en el piso de los padres de Roberto, o donde Natalia.

Ella le configuró correctamente el PC, y empezaron los cursillos.

— Mira lo primero es ponerle un *"Password"* o dicho en cristiano, "Contraseña".

Tu eliges un nombre, unas letras o números, da igual, pero tienes que recordarlas, porque si no, no te dejara conectarte. Es sencillamente como una cerradura que impide que los demás accedan al contenido.

Después pasó a aprenderle los típicos y sencillos procesos de lanzar y surfear el internet o mandar un

e-mail. Pasaron a utilizar la *"web-cam"* y también como chatear, crear ficheros, copiarlos o borrarlos.
Ese tema, como el de la contraseña le interesaba precisamente

— ¡Oye Natalia! He oído decir que, aunque borres ficheros documentos o fotos yo qué sé, siempre queda una copia en el ordenador! ¿Es verdad?

— ¡Si es verdad!, porque van a la dicha *"papelera"* Pero también puedes vaciarla, entonces ya será más difícil de recuperar las cosas.

— ¿Ah, porque, aunque vacíes la papelera todavía hay posibilidad de recuperarlas?

— Si claro, pero es ya mucho más difícil, se necesitan programas especiales para buscar los elementos borrados en el disco duro.
Normalmente los utilizan la Policía, o los expertos.
Aunque hay un método radical de borrar todo definitivamente. Es formateando de nuevo el disco duro, pero de esa manera se pierde para siempre todo el contenido del ordenador.
¡Vamos que se queda en cueros!

— ¡En cueros! ¿Qué significa eso?

— Pues se queda como cuando lo compraste, sin nada dentro.

— ¡Joded, tía! ¡Entiendes mogollón!

— Bueno como te dije al principio, lo vas

aprendiendo sobre la marcha, además en la red tienes mucha ayuda, ya lo verás.

— ¡Otra cosa Natalia! Si quieres copiar algo del PC y pasarlo a otro sitio para guardarlo.
¿Cómo se hace?

— Bueno tienes varios medios donde copiar tus cosas, pero lo mejor y más sencillo es pasarlo a una *"llave USB"*. ¿Sabes lo qué es no?

— Sí, claro las he visto, los colegas las llevan a todas partes.

— Nada más tienes que conectarla a un puerto USB, del ordenador y de inmediato se te abre una ventana del explorador. Entonces tu selecciona los ficheros que quieres copiar y los arrastras con el ratón hasta la ventana de tu USB y listo, ya las tienes copiadas.

Y de esa forma día tras día, con la excelente ayuda de Natalia, Roberto iba aprendiendo rápidamente a manejar su computadora.

Ya sabía lo suficiente como para recuperar las fotos del ordenador de Luis, pero le faltaba lo principal.

La puta contraseña.

14

"Oficina de Luis"

Roberto que se quedaba muchas tardes solo en el taller para terminar arreglos urgentes de los clientes, lo que solía suceder muy a menudo. Intentó en varias ocasiones conectarse al ordenador de Luis, que como es natural lo dejaba siempre cerrado.
Hasta se hizo una lista de claves posibles como los nombres, apellidos, y fechas de nacimiento suyos y de Alba su mujer. También la matrícula de su coche y todo tipo de cosas por el estilo, pero ninguna funcionaba.

Roberto estaba desesperado, ya no sabía qué coño clave poner.

Hasta que se le ocurrió una que no había probado.

Natalia

— ¡Bingo! ¡Qué bueno soy joder!

Funcionó, lo había conseguido, la pantalla se abrió, revelando una maravillosa foto de fondo de un súper *"Ferrari 488 GTB"* rojo.

Y un montón de "Carpetas" llenas de archivos.

Buscó nerviosamente alguno que se refiriera a las fotos, al no ver nada sobre eso, continúo abriéndolas todas una por una.

Aquello era como buscar una aguja en un pajar, habría carpetas que contenían otras carpetas, cada una con una referencia o un número, pero de fotos nada.

Roberto se desesperaba, llevaba allí más de media hora abriendo y cerrando, sin dar con lo que buscaba.

Ya se le hacía tarde, porque tenía faena en el taller, así que dejó todo en su sitio y cerró el ordenador.

Probaría otro día, ahora ya tenía la clave, y estaba seguro de que no la olvidaría.

Dos días después tuvo que quedarse a terminar otra reparación urgente, y volvió a intentarlo. Abriendo carpetas llenas de carpetas y archivos, se fijó en una que ponía "Varios", la abrió y allí estaban todas las malditas fotos con Daisy.

Ya no aguantaba de los nervios, intentaba introducir su USB en un puerto del ordenador, y le temblaba la mano.

Al final lo logró e hizo lo que le dijo Natalia; traerse todas las fotos a la ventana de su USB.

Ya las tenía copiadas, ya eran suyas, ahora había que borrarlas del ordenador de Luis.

Recuperó su llave, y siguió paso a paso las indicaciones que Natalia le había enseñado.

Seleccionó el disco duro con el botón derecho del ratón y fue hasta *"Formatear"*.

El ordenador estuvo un buen rato ronroneando y haciendo cosas raras hasta que se apagó por completo.

Luis acababa de perder todo lo que tenía en su computadora y jamás podría recuperarlo.

Todos sus archivos, facturas datos y cosas personales, pero sobre todo las fotos de Daisy que eran el salvoconducto para la libertad.

Roberto dejó todo bien limpio y en su sitio, después terminó su trabajo y se marchó a su casa.

Nada más llegar, se metió en su cuarto y comprobó con su PC que las fotos estaban todas en su USB.

De inmediato guardó preciosamente la *"Llave"*, donde nadie pudiera encontrarla.

15

¡La puta madre! ¿Qué coño es esto?

Luis había llegado a su despacho el lunes por la mañana e intentaba encender su ordenador, y no funcionaba. Entró en una tremenda furia al ver que no conseguía arrancarlo y le dio un ataque de nervios.

— ¡Natalia! ¿Qué ocurre con esta puta máquina?

— ¿Qué te pasa Luis?

— ¡Que me pasa, mira! No hay manera de arrancar el ordenador, ¿El tuyo funciona?

— Pues claro perfectamente.

— ¡Oye, llama al chico de la informática! ¡Sabes quién te digo!

— Si, Diego.

— Si ese mismo, que venga cuanto antes, tiene que arreglarme esto, ¡Dile que es muy urgente!

— Vale Luis, pero no te pongas así, seguro que no

es nada.

Dos horas después *"Diego Soler"* el especialista que le había instalado sus ordenadores, se presentó.

— ¡Hola Luis! A ver. Dime que le pasa a esa maquinita.

— ¡Y yo qué sé! ¡Que no hay manera de arrancarla!

— ¡Tranquilo hombre, vamos a ver qué capricho le ha dado!

Diego intentó todo lo posible, pero no funcionaba.

— ¡Luis, me temo que tienes un gran problema! ¿Tu disco duro está jodido, pero tendrás alguna copia verdad?

— ¡Qué coño de copia, claro que no!

— Pues macho, lo tienes claro. ¿Tenías cosas importantes en la computadora?

— ¡Importantes dice! Todo lo referido a la empresa, y además cosas personales muy valiosas. ¡No me digas que se ha perdido todo!

— ¡Pues, lo siento, pero me temo que sí!

— ¿Y no hay manera de recuperar algo?

— ¡No! En este caso es imposible. Como te dije, tu disco duro está completamente vacío.

— ¿Y cómo ha podido ocurrir eso?

— Bueno de muchas maneras, un corto circuito o un fallo en el disco, o lo más seguro un virus.

— Bueno el disco duro te lo voy a cambiar, tiene

garantía, pero todo lo que contenía lo has perdido.

— ¡Mierda de ordenadores, que putada!

— Sí, te entiendo Luis, pero te dije que hicieras una copia de seguridad de vez en cuando.

— ¡Qué coño copia de seguridad! ¡Es verdad que lo dijiste, pero yo no tengo tiempo para eso!

— ¡Pues te habría venido bien ahora, si solo lleva apenas unos minutos hombre!

Luis no podía más, estaba aterrado, ya no tenía las fotos comprometiendo a Natalia y, por lo tanto, tampoco a su padre.

Si por casualidad, *"Cristofer Taylor"* se enteraba de aquello, sería un desastre total para todos, pero sobre todo para él, que tenía el dinero en su cuenta de las *"Bahamas en el mar del Caribe"*.

Y ya no tenía las indignantes fotos para chantajear a Taylor, por lo tanto, no solamente se quedaba sin el dinero, pero tenía la cárcel segura para una multitud de años. Vamos, que con toda seguridad la mayor parte de su vida la pasaría entre rejas. Luis no podía ni imaginar un solo instante ese terrible y siniestro final. La única cosa para que no ocurriera, sería que la familia Taylor no supiera jamás, que ya no tenía las comprometedoras fotos en su posesión.

Para más seguridad, tampoco se lo iba a comunicar a los demás, por varias razones.

Alguno podría comentarlo sin darse cuenta, pero también le sería posible aprovechar para hacerle algún chantaje a él mismo.

Así que la única manera que se le ocurría era de no decir nada a nadie, incluida Natalia.

— ¡Oye Natalia! ¡Voy un momento a ver cómo lleva Diego lo del ordenador!

— ¡Luis! ¿Quieres que me pase yo?

— ¡No! ¡Tengo que ver alguien por allí!

En realidad, Luis quería hablar con Diego, para decirle que no comentara nada sobre el problema.

— Diego por favor, tú dices que todo está arreglado y que solo se ha perdido algún archivo sin importancia. Ya sabes, sería fatal para mí, por la competencia y todo eso.

¡Porque luego la gente comenta y pierdes la confianza de los clientes, bueno tú ya sabes lo que pasa!

— No te preocupes Luis, esto es una cosa seria.

— ¡Ya lo sé!

— Bueno, yo te cambio el disco duro, y digo que todo está arreglado.

— ¡Perfecto, gracias, Diego!

Luis llegó a la oficina, con una sonrisa. De repente su actitud había cambiado. Aunque temblaba por dentro, tenía que esforzarse para que pareciera que todo estaba arreglado.

— ¡Bueno Luis, por tu cara, veo que traes buenas

noticias!
Dijo Natalia.

— ¡Si! ¡Todo está arreglado, ese Diego es la ostia! Salvo algún archivo que otro sin importancia, ha conseguido recuperar todo.

— ¡No ves! Ya te lo dije, que no sería para tanto, Luis a partir de ahora, a hacer copias.

— ¡Sí, por supuesto! Ya está todo arreglado.
Diego nos va a instalar un pequeño *"Server"*, en el que podremos copiar a diario, todos los datos de los dos ordenadores. El tuyo y el mío, así estaremos más tranquilos.

16

"Bombardier Learjet 55"

Roberto que se carteaba casi todos los días con Daisy. Estaba encantado, había conseguido recuperar las fotos y dejar a Luis sin capacidad alguna de dañar a la familia Taylor. De inmediato se lo comunicó a Daisy, que saltó de alegría. Por fin se acababa esa pesadilla, esa *"espada de Damocles"* que colgaba sobre ella y su familia.

En un sobre, dirigido a su padre, Cristofer Taylor, le mandó una carta donde le explicaba los acontecimientos, acompañada de la llave USB con las fotos.

Habiendo sustituido todas las indignantes tomas, ya podrían estar tranquilos y además les facilitaría todos los datos del instigador.

Daisy por su parte, les contó, todo lo que Roberto había hecho por ella, para que pudieran recuperar el dinero. También iba a anunciarles que se había enamorado de Roberto y que quisiera regresar a Salamanca para poder seguir sus estudios.

Daisy estaba loca por volver a esa inigualable ciudad castellana para poder estar con su novio, y sus amigas. Los padres no lo veían tan claro, porque aun sabiendo todo lo que Roberto había hecho por ellos, también temían por su hija. Daisy insistió de tal manera, que al final, consiguió convencerlos.

Una semana después, el *"Larjet55"* de Taylor aterrizaba en el aeropuerto de Salamanca, con Daisy a bordo, acompañada de sus padres.

Roberto se encontraba en la terminal para recibirlos, y los acompañó al Gran Hotel donde habían reservado dos habitaciones.

El reencuentro de Daisy y Roberto fue un momento maravilloso, para los dos jóvenes. Los cuatro se reunieron en una de las habitaciones, para comentar y aclarar todo lo sucedido con detalle.

Tenían muchas cosas de que hablar, y Roberto les iba a contar toda la verdad, incluyendo su participación, pero también como se iba rápidamente a distanciarse de Luis y Jacinto, para ayudar a Daisy y sus padres, y sacarlos de esa intolerable y odiosa situación.

No quería de ninguna manera, minimizar su responsabilidad del principio, pero les aseguró que, si le perdonaban, como había hecho Daisy, jamás tendrían que arrepentirse.

Él estaría siempre de su lado, aunque tuviera que pagar por sus errores.

Roberto estaba arrepentido, y dispuesto a hacer frente a su responsabilidad fuera la que fuese.

Pero después de haberlo escuchado con mucha atención, Cristofer Taylor lo interrumpió.

— Mira Roberto, no tienes que convencernos, lo estamos ya, por muchas cosas y hechos.

Nuestra hija Daisy, nos ha contado todo al igual que tú.

Y sabemos todo lo que has hecho para recuperar las fotos que nos hubieran comprometido para siempre, y eso no tiene precio, tu actuaste de manera responsable, sin tener que hacerlo.

Atendiste a Daisy en sus peores momentos, y eso jamás podre olvidarlo, y además hiciste todo lo posible para que pudiera recuperar esa cantidad de dinero que podías perfectamente haber guardado.

Por lo tanto, para mí solo existe tu buena fe, que has demostrado de tu propia iniciativa sin tener que haberte obligado nadie.

Así que te considero y te consideramos como un hombre formal digno de confianza.
Cristofer se levantó de su sillón y se acercó a Luis.
Él se puso en pie y los dos se abrazaron.
Seguidamente las dos mujeres hicieron lo mismo y los cuatro se agruparon en un caloroso y fusionado enlace.
Minutos más tarde, volvieron a tomar asiento y Cristofer Taylor preguntó.

— ¿Bueno, Roberto?
Tu como lo ves, para solucionar este problema sin que te perjudique para nada.

— ¡Pues la verdad no sé qué decir! Depende de usted Cristofer!

— ¡De "tu" Roberto, de "tu"!

— De acuerdo Cristofer, es que me da un poco de apuro tutearle.
Pues, como decía, depende de lo que quieras hacer, y revelar a la policía.

— Yo jamás haré nada que te perjudique lo más mínimo, eso sí que lo tengo claro.
Entonces, creo que no vamos a poner ninguna denuncia por el secuestro, y si yo recupero el dinero tampoco por la tentativa de chantaje, de Luis y Jacinto, porque si lo hago, tendré que justificar lo de las fotos, y la verdad, no quiero ni oír más del tema.

¡Y después de todo, Daisy ha salido ilesa de todo esto gracias a ti! De esa forma tú tampoco te verás implicado, que es lo que verdaderamente me importa. ¿Tú qué piensas Daisy?

— ¡Sí, papá, tienes razón! Yo no quiero que Roberto tenga ningún problema por culpa de esos delincuentes. Y aunque se salgan de esta airosamente, creo que es lo mejor para todos.

— ¡Y a ti Roberto! ¿Qué te parece?

— La verdad, Cristofer, eres una bellísima persona. dejar de acusar a esos individuos sin nombre, solo para que yo no me vea implicado.
¡Eso no lo hace cualquiera! Y te lo agradezco de corazón. Voy a hablar con Luis y Jacinto, y te aseguro que te devolverán hasta el último céntimo.

— Bueno, pues ya está claro, mi abogado hablará con las autoridades de los dos países, para que no haya ninguna continuación, y que cierren el caso.

Después de unos minutos, Cristofer Taylor y su esposa, manifestaron las ganas de conocer a los padres de Roberto. Daisy estaba encantada, pero Roberto temía que se decepcionaran al ver a sus padres que vivían en un modesto piso de la periferia.

— No te preocupes, ya conocemos perfectamente vuestra situación, pero eso no nos importa.
Lo fundamental en la vida no es la posición o el rango, es la manera de ser y tu conducta con los demás.

¡Eso es lo que verdaderamente importa!
Dijo Cristofer Taylor.
Esas palabras reconfortaron a Roberto y le llegaron al corazón. Sobre todo, viniendo de una persona tan destacada en su país.
Cristofer insistió en hablar con ellos.

— ¡Roberto, por favor! ¿Pregunta a tus padres cuando podremos visitarlos?

— Bueno no hay ningún problema, puede ser en cualquier momento. Yo les llamo y les anuncio vuestro deseo de conocerlos.

¡Perfecto dijo Taylor!

— Pero lo he pensado mejor, para la primera vez, les vamos a invitar a cenar en algún restaurante. ¿Supongo que vosotros conocéis alguno donde se come bien?

— ¡Sí, papá, hay un montón! Contestó Daisy.

— Bueno pues que no se hable más, Roberto pregúntales cuando les conviene.

— ¡De acuerdo Cristofer!

Al día siguiente quedaron para cenar en un exquisito restaurante del centro.

Los padres de Roberto, Antonio y Pilar, un poco temerosos, al principio, fueron cogiendo confianza a la vez que pasaba la noche. Ayudados tal vez por la exquisita cena, pero sobre todo por la sencillez que les demostraron Cristofer Taylor y Ellen.

Quedaron también encantados de conocer por fin a Daisy, de la que tanto les hablaba Roberto.

Los Taylor se quedaron unos días para visitar Salamanca con los padres de Roberto ya jubilados.

Y Roberto que se había tomado unos días libres, no se desprendió de Daisy.

Hasta un día, Cristofer invitó los padres de Roberto, que jamás habían tomado el avión, a volar en su *"jet"* privado y los seis se fueron a visitar Madrid.

Llegó el día del regreso a Nueva York.

Daisy se quedó en Salamanca para seguir sus estudios.

Los padres de Roberto encantados, les aseguraron que marcharan despreocupados, porque ellos también iban a cuidar de Daisy como de su hija.

— Nos vamos tranquilos, sabemos que Daisy está bien acompañada y con buena gente.

Antonio y Pilar, la próxima vez venimos a buscaros para que visitéis la *"Gran Manzana"*.

Dijeron Cristofer y Ellen.

Roberto y Daisy los acompañaron en taxi hasta el aeropuerto. Después de pasar los requerimientos legales, el comandante del *"jet"*, les invitó a embarcar para el vuelo hacia Nueva York.

Cristofer y Ellen, iros tranquilos, Daisy está en buenas manos, no os preocupéis!

Y del dinero tampoco, dentro de unos días lo tendréis de nuevo en vuestra cuenta, ¡Os lo aseguro!

17

"Disco interno computadora"

El lunes por la mañana, Roberto se dirigió a la oficina de Luis.

— ¡Hola, Luis! ¡Tengo que hablar contigo! ¿Cuándo tienes un momento?

— Ahora estoy un poco liado. Si quieres, pásate un poco más tarde, ¿vale?

— ¡De acuerdo! ¡Luego vengo sobre las once!

A penas se iba Roberto, Luis recibió una llamada de *"Diego Soler"*, el chico que le instaló sus ordenadores.

— ¡Hola Luis! ¡Soy Diego, tengo una buena noticia para ti!

— ¡Pues tú dirás!

— ¡Tal vez podemos recuperar los archivos que perdiste!

— ¡No jodas! ¿Y cómo es posible?

— No sé cómo no se me ocurrió antes, pero existe una manera sencilla de hacerlo, pero tengo que pasar por tu oficina. ¿Cuándo te viene bien?

— ¡Cuando tú quieras, yo estoy aquí!

— ¡Vale, dentro de media hora más o menos, si te parece bien!

— ¡Sí! ¡Por mi perfecto!

Apenas media hora después Diego se presentó allí.

— Mira Luis, los ordenadores tienen un sistema automático para copiar sus archivos cada X tiempo según se les programe. En un gran *"servidor"* llamado *"Nube",* Windows tiene uno, *"Google Drive",* donde guarda todos los datos.

Los hace a través de una cuenta *"Gmail",*

— ¿Tú te acuerdas del nombre que le pusimos a esa cuenta?

— La verdad ahora mismo no recuerdo, ya sabes que yo no entiendo nada de eso, pero creo que fue algo como "*luiscampos@gmail.com*" o algo así.

— ¡Genial! ¿Y la clave sabes cuál podría ser?

— Bueno eso es sencillo, porque es la misma para conectarme al ordenador.

La puse igual, para recordarla fácilmente.

Natalia

Diego marcó el e-mail y la clave, y seguidamente empezaron a llegar montones de archivos al ordenador de Luis.

Bueno pues ya lo tienes todo, míralo luego con calma por si te falta algo, pero creo que no.

— ¡Muchas gracias, Diego!

— De nada Luis, si la culpa es mía por no percatarme de esa posibilidad.

A penas había marchado, Luis se precipitó para abrir la carpeta *"Varios"*.

Allí estaban todas las siniestras fotos.

Luis jubilaba de alegría. En un instante se le habían marchado todos los temores, todo su recelo y su ansiedad. Había recobrado con euforia la felicidad.

Ya no temía a nadie, iba a ser rico y gozar de la vida.

— Voy a demostrar a todos esos estúpidos y arrogantes payasos del *"círculo"*, quien es Luis Campos.

Las cosas habían cambiado, Luis tenía de nuevo en su poder todo lo necesario para chantajear a Cristofer Taylor y su hija Daisy, y esta vez también copiado en su *"servidor"* con total seguridad.

Sobre las once Roberto se presentó de nuevo en la oficina de Luis.

— ¿Podemos hablar? Preguntó Roberto.

— ¡Sí, pasa y siéntate!

— Luis, he estado hablando con los padres de Daisy y me han dicho que, si les devuelves el dinero, no pondrían ninguna denuncia y abandonarían todo procedimiento judicial por lo que pasó con Daisy. ¿Qué te parece?

— ¡Vamos, no jodas! Devolverles el dinero, no me hagas reír, después de todo lo que me ha costado.

¿Pero lo dirás de broma no?

Pueden estar contentos, de haber recuperado su hija.

¡No te jode!

De todos modos, ese tío no puede hacernos nada, lo tenemos por los huevos.

— ¡Pero me han dicho que ya no tienes las fotos! Por lo tanto, ¿qué vas a hacer?

— ¡Qué dices! ¡Que no tengo las fotos! ¿Quién te ha contado esa chorrada?

¿Quieres verlas?

Luis buscó la carpeta *"Varios"* y la abrió, desvelando todas las malditas fotos.

Roberto se quedó de piedra, y volvió a su trabajo.

Que había pasado, para que Luis tuviese de nuevo todas aquellas tomas en su ordenador

Algo no había funcionado con su plan, pero no sabía por qué. Y como podría explicárselo a Daisy y a su padre. El que les había prometido que Luis ya no podría chantajearles. No podía ser, tenía que hacer algo, y rápidamente, había muchas cosas importantes en juego.
¿Pero cómo?
Si aquel plan había fracasado, el ya no veía la manera de volver a intentar hacerse con las fotos. Luis con toda seguridad las había protegido de alguna manera.

   — ¡La madre que lo parió!

¿Y qué coño hago yo ahora?
Roberto estaba deshecho, ya ni dormía ni comía, no se atrevía a decírselo a Daisy.

   — ¡No! Ella no debe saber nada, esto lo tengo que solucionar yo solo.

Pero por más vueltas que le daba a la cabeza, no se le ocurría nada. Estaba amargado y ya no podía más.
Daisy se dio cuenta qué le pasaba algo. Ya no estaba sonriente como habitualmente, aunque él siempre se esforzaba de poner buena cara cuando estaba con ella. Un día, Daisy que intuía algún problema serio, se atrevió a preguntarle.

   — ¿Roberto, qué te pasa? ¿Últimamente estás raro, es por mí?

   — ¡No! Para nada cariño, si tú eres un encanto.

En ese momento Roberto ya no tuvo más remedio que contarle lo que ocurría.

— ¡No te preocupes, lo vamos a solucionar juntos, tú y yo!

— ¿Pero cómo? A mí no se me ocurre nada. Luis es muy cauteloso, lo planea todo.

— No te preocupes cariño, se me está ocurriendo algo, no sé si funcionará, pero seguro que con tu ayuda lo conseguiremos.

— ¿Daisy, y que piensas hacer?

— Roberto, me has dicho que Luis es un mujeriego, ¿no?

— ¡Vaya que sí lo es! ¡Se tira todo lo que se le pone delante, ese cabrón!

— Sabes si anda con alguna casada de la Alta Sociedad. ¡Ya ves lo que te quiero decir!

— ¡Si claro, con varias! Es su manera de vengarse de los *"Putos Burgueses"* como dice.
Espera que haga memoria.
Si claro con *"Doña Clara"*, la mujer de un Procurador, de las Cortes de Castilla y León, *"Don Bernardo Derribas"*. Tienen una finca grandísima cerca del pueblecito *"San Pedro de Rozados"*, no sé si te suena. Tienen un inmenso coto de caza, donde van todos los Notables de la junta, y me han dicho que hasta el Rey ha estado allí alguna vez.

También tienen un piso aquí en la ciudad claro, en la mismísima *"Gran Vía"*.

— ¿Pero, por qué me preguntas eso?

— Mira Roberto, la mejor manera de que nos devuelva las fotos, es pillándole a el de la misma manera.

Claro que no vamos a raptarlo, pero tenemos que conseguir alguna foto comprometedora con esa mujer. Ya verás como nos devuelve las nuestras.

— ¡Joded, Daisy! No te conocía como detective. Claro que eres americana, lo llevas en la sangre.

En todo caso es una idea fenomenal, vamos a estudiarla y ver cómo conseguir cazar a ese sinvergüenza.

Efectivamente era una idea genial para lograr atrapar a Luis en su propio juego. De conseguirlo, terminarían sus inquietudes y temores a que algún día apareciese alguna comprometida foto de Daisy.

Roberto había recobrado su talante y entusiasmo, con la oportuna idea de Daisy. Juntos iban a enfrentarse a ese reto e intentar desestabilizar a Luis.

Daisy dame unos días para que me entere de algo, no será difícil porque Luis lo larga todo, sobre todo cuando lleva un par de copas.

Efectivamente, muchas tardes después del trabajo, solían salir Luis y Jacinto a tomar algo, y casi siempre en el mismo club.

Roberto conocía muy bien a *"Julio",* un camarero del local. Habían trabajado juntos mucho tiempo en el gremio, y eran buenos amigos.

Entonces le pidió que cuando se enterara qué Luis iba a llevarse a *"Doña Clara"* al hotel de siempre, le avisara.

Y no tardó mucho tiempo. A la primera ocasión la mujer de *"Don Bernardo Derribas",* el Procurador que se ausentaba muy a menudo, aprovechó para avisar a Luis que la vía estaba libre.

¡Cómo ella decía!

Luis tenía sus manías y siempre reservaba la misma habitación 203, y por ser buen cliente, el hostelero se la guardaba para él, siempre que le avisara con un poco de antelación.

Roberto conocía perfectamente sus costumbres.

— ¿Oye Daisy, tú tienes una minicámara de fotos no? ¿Como funciona porque aquí en España no las he visto todavía como la tuya?

— Sí, la tengo en el piso, luego te la traigo. Verás, es muy chula. Me la compró mi padre en Nueva York.

— Se puede programar para sacar fotos, o videos. Las fotos las puede sacar cada X tiempo, cada segundo, cinco segundos, diez, treinta o cada minuto o más. Y la batería dura más de veinticuatro horas. No te hablo de la tarjeta SD, yo tengo una de quinientos doce GB.

¡Y otra cosa! Si quieres sacar un video, ella se dispara sola cuando detecta cualquier movimiento.

— ¡Joded! ¡Eso no me lo esperaba, es genial!
justo lo que necesitamos, es perfecto. Vamos a sacarles un video, con la capacidad de esa tarjeta no habrá problemas.

Sobre todo, que solo graba cuando detecta un movimiento en su campo de enfoque y luego si no hay nadie se apaga.

— ¿Sí, pero como vas a colocarla en la habitación?

— ¡No te preocupes, no la voy a colocar yo solo! ¡Iremos los dos!

— ¿Y eso?

Pues que vamos a alquilar esa misma habitación para esta noche, ¿qué te parece?

De esa manera tendremos todo el tiempo para colocar la cámara, y luego para nosotros.

A Daisy, que no se lo esperaba, le salieron los colores. Roberto de inmediato reservó la dicha habitación, y después de cenar, marcharon a pasar la noche juntos.

Daisy con un poco de ansiedad y de aprensión, porque era la primera vez que salía con un chico por la noche, y además que la llevara al hotel.

Todo salió perfecto, los dos enamorados iban a pasar la noche juntos, por primera vez, y al mismo tiempo disimular la cámara, en un lugar discreto.

No tuvieron ninguna dificultad, consiguieron ponerla entre una estatuilla dispuesta en lo alto y que ornaba un rincón del cuarto.

Hicieron algunas pruebas para que el enfoque fuese perfecto. Y a continuación iban a pasar una de las más maravillosas noches de sus juveniles vidas.

18

La noche siguiente, como previsto, Luis y Clara, la mujer del procurador, Bernardo Derribas, se presentaron en el hotel, y subieron a su habitación 203.

Nada más entrar, la cámara empezó a grabar, y no paró de hacerlo mientras permanecieron en ella.

Una hora después, Luis acompañó a su amante *"Doña Clara», a* su piso de la Gran Vía, antes de regresar a su casa. Al día siguiente, Roberto volvió a reservar la habitación 203, para recuperar la cámara que seguía en su sitio.

Esta vez Daisy, llevó su computadora, para visionar el contenido de la tarjeta SD, y descubrieron los *"devaneos nocturnos"* de los dos adúlteros.

No cabía ninguna duda, la cámara había captado todo lo ocurrido, claramente.

— ¡Joded, Daisy! ¡Mira! ¡Mira! La chica no se atrevía ni a fijar la pantalla de su PC, de las patéticas y vergonzosas imágenes que aparecían.

Luis estaba pillado y bien pillado.

Ya tenían lo necesario para obligar Luis Campos a aceptar canjear las fotos de Daisy y devolver el dinero de *"Cristofer Taylor"*, por el vergonzoso video.

No le quedaba otra opción, las consecuencias serían perniciosamente incalculables.

Daisy y Roberto habían conseguido lo imposible, con sus atrevidas e intrépidas ocurrencias.

Habían logrado vencer la adversidad, con audacia, atrevimiento y valentía. Los dos iban a hablar con *"Cristofer"* y contarle todas las nuevas peripecias que sucedieron, y como las habían formidablemente resuelto.

19

"El rio Tormes"

Cristofer Taylor y su esposa Ellen, acompañados de varias personas, volvieron a Salamanca.

Después de felicitarles por el increíble y fabuloso trabajo, les anunció que iban a zanjar definitivamente este caluroso asunto para siempre.

Cristofer, acompañado de su abogado y de un especialista de informática del Banco de Nueva York, se presentaron en la empresa de Luis.

— ¡Señor Luis Campos! Vamos a hablar claro y

solucionar nuestra discordia de una vez para todas; ¿Podemos conversar un instante a solas?
Dijo Cristofer.
— ¡Sí, claro! ¡Pero no sé de qué quiere hablar! ¡Porque está todo claro!
Contestó un tanto altivo Luis dirigiéndose hasta la sala de reuniones.
— Pues yo diría que no está tan claro, y se lo voy a demostrar.
Prosiguió Cristofer, al tiempo que encendía su PC.
— ¿Qué me dice de este video?
Luis se quedó pálido y sin palabras, al verse en esa sugestiva situación con Doña Clara.
— ¿Está más claro ahora, o quiere que siga?
Dijo Cristofer deteniendo el video.
Luis tembloroso, con voz casi inaudible,
— ¡Sí! ¡Sí! Está perfectamente claro. ¿Dígame lo que desea?
¡Lo que deseo es muy sencillo Señor Campos, terminar con todo esto de inmediato!
— ¡Sí! ¡Claro! ¡Por supuesto Señor Cristofer!
— ¿Bueno, permite que mi especialista borre definitivamente unas fotos que usted tiene en su ordenador?
— Sí, por supuesto, un momento se lo enciendo.
El informático guardó los archivos de la empresa en un disco duro y pasó un software que traía él, dejando

el disco duro del ordenador limpio. Después le volvió a copiar los archivos personales de la empresa.

En aquel ordenador ya no se encontraría jamás el mínimo rastro de las fotos.

Después se conectó al *"servidor"* e hizo lo mismo.

— ¿Cuál es su cuenta Gmail por favor?
— luiscampos@gmail.com
— ¿Y el *"password"*, sí, la clave?

Natalia

Seguidamente, borró el contenido de la cuenta *"Google Drive"*.

— ¿Tiene usted otras copias en algún sitio, USB, tarjetas SD o cualquier otro dispositivo?
— ¡No! no tengo ninguno más.
— ¡Bien!

"Mr. Taylor, everything is clean". Dijo dirigiéndose a su jefe.

— ¡Bueno ya está listo! Espero que no tenga ninguna otra copia en algún sitio.
— ¡No! ¡Puede estar tranquilo!
— ¡Bueno, ahora va usted a firmar los documentos que trae mi abogado!
— ¡Sí, obviamente!

Luis estaba tan asustado que habría firmado todo lo que le presentaran sin siquiera leerlo.

El abogado le pasó un montón de impresos.

— Señor Campos aquí se compromete que jamás divulgará ninguna foto de Daisy.

Además, tendrá que devolver la totalidad del dinero a mi cuenta antes del viernes, o sea dentro de cuatro días, de no hacerlo deberá pagar un interés del cinco por ciento por cada día de retraso.

¡Ahora se lo lee tranquilamente y lo firma!

— ¡De acuerdo!

— ¡Me devolverá el video no!

— ¡No! ¡Señor Campos, este video permanecerá en mi caja fuerte de Nueva York! Por si acaso se le ocurriera, meterse con mi hija o con Roberto, pero no se preocupe de allí no saldrá, si no es necesario.

Si respeta escrupulosamente todo lo firmado, además de no divulgar el video, tampoco pondré ninguna denuncia por lo que usted y su amigo Jacinto han hecho con Daisy, y con el dinero.

Pero les aconsejo que cambien esa forma de vivir, perpetrando cosas delictivas, y se dediquen solamente a su negocio de automóviles.

¡Es un consejo!

Luis temeroso y aterrorizado, no le salían las palabras, se conformó con dar su consentimiento con un gesto de la cabeza.

El asunto estaba por fin definitivamente zanjado.

20

"Universidad"

Cristofer Taylor, venía también con otro proyecto, el de abrir una sucursal de su banco neoyorquino en Salamanca.

Por lo tanto, también le acompañaba *"Erik Spencer"*, encargado de abrir la entidad.

Después de haberse reunido con su esposa Ellen, con Daisy y con Roberto, para explicarles que ya todo estaba completamente claro, que ya no deberían sentir ningún temor ni inquietud de la parte de Luis, les iba a hablar de una sorpresa.

Cristofer iba a reunir, a todos, en un salón del hotel para anunciarles su proyecto.

Tomó la palabra con cierta convicción y solemnidad.

— Bueno si estamos aquí todos reunidos, es porque tengo la intención de abrir una sucursal en esta ciudad! Aquí me acompaña el señor *"Erik Spencer",* el responsable del proyecto. Pero va a necesitar la ayuda de Roberto para acompañarle y ayudarle a buscar el mejor sitio de la ciudad.

Por lo tanto, si tú quieres Roberto, a partir de este momento, quedas contratado con título de ayudante de *"Erik Spencer".*

Roberto loco de alegría, contestó.

— ¡Claro que quiero, con mucho gusto! Muchas gracias, señor Taylor!

— ¡Perfecto! ¡Pues ya formas parte de nuestra plantilla! ¡Y no te preocupes de tu sueldo me encargo yo personalmente!

Todos aplaudieron la feliz noticia, y en particular Daisy, que se lanzó a su cuello.

— ¿Tendré que renunciar de mi puesto en la empresa de Luis y Jacinto, y trabajar los días legales?

— No te preocupes, todo está arreglado con esa empresa, ellos te mandarán todas tus cosas a casa, por si no deseas aparecer más por allí.

— Muchas gracias de nuevo, es verdad que no tengo ningunas ganas de volver a verles la cara.

— ¡Pues muy bien!

¡Otra cosa! Deberás ayudar *a " Spencer"* a encontrar un piso para él, y también otro para ti, y toda la intendencia que necesitéis, como coches y demás.

Un poco más adelante, compraremos también algo para Ellen y para mí, porque con toda seguridad nuestro *"jet"* va a sobrevolar el atlántico con frecuencia, y queremos poseer nuestra casa aquí para no tener que ir a ningún hotel.

¿Bueno pues yo ya tengo todo dicho, si alguien quiere añadir algo?

Daisy y Roberto se levantaron al mismo tiempo.

— ¡Papá! ¡Nos haces los más felices del mundo!

Dijo Daisy.

— ¡Sí, nunca lograré agradecerle todo lo que están haciendo Ellen y usted por mí!

Añadió Roberto conteniendo sus lágrimas.

— ¡Bueno, pues a partir del lunes, todos a la faena!

21

Seis meses después

Erik Spencer y Roberto habían conseguido el lugar adecuado para la sucursal, y estaba listo para la inauguración. Los dos tenían también su piso donde vivir muy cerca de la entidad. Erik Spencer se había traído a su familia, *"Meredith"*, su esposa, y sus dos hijos de cinco y dos años, los dos varones.
Roberto vivía solo, aunque Daisy lo compartía con él, de manera informal, porque para sus padres seguía con sus dos amigas de siempre. Aunque ellos sabían perfectamente que no era así, pero estaban tranquilos porque tenían ciega confianza en él. Estaban a unas fechas de la inauguración, ya tenían contratados los empleados y nada más faltaba la llegada de Cristofer Taylor y Ellen.

Dos días antes aterrizaron en Salamanca, y Cristofer y Ellen invitaron a los padres de Roberto, pero también al alcalde y varios concejales y notables de la ciudad.

Cristofer y Ellen, estaban encantados por el fabuloso trabajo de sus dos colaboradores.

Todo estaba perfecto, la ubicación, el decorado y el estilo del local y del mobiliario.

Llego el día *"D"* y todos tuvieron cita en el banco para tomar unas botellas de *"champagne"*, y seguidamente participar un fastuoso almuerzo en el Parador.

Cristofer aprovechó un momento para hablar con los padres de Roberto, Antonio y Pilar, y entregarles un cheque de quinientos mil Euros.

— ¿Pero Cristofer, por qué nos das esta enorme cantidad?

— ¡Si vosotros no lo sabéis, yo sí!
Habéis cuidado de nuestra hija, procurándole toda la atención del mundo, así que lo tenéis bien merecido.

— No lo hemos echo por dinero Cristofer, para nosotros era lo más normal, lo hubiéramos hecho por cualquiera, es nuestra manera de ser, lo que es increíble es tu manera de portarte con Roberto, no solamente sin guardarle rencor, pero encima ayudándole de esa manera, eso jamás lo olvidaremos.

— Bueno, no tiene ninguna importancia, el salvó

nuestra hija de esos inconscientes, cuando nosotros estábamos a miles de kilómetros y se encontraba sola en esa terrible situación.

— ¡Pero bueno no hablemos más! Todo eso ya, ha terminado felizmente, y es lo que verdaderamente importa. Ahora debemos mirar hacia el futuro, el nuestro por supuesto, pero sobre todo el de nuestros hijos.

— ¡Sí, Cristofer! ¡Ahí coincidimos!

— ¡Pues a disfrutar de la fiesta, que nos estamos poniendo patéticos, y no es el momento!

22

"Boda"

Habían pasado seis meses más, Daisy había cumplido ya los veintiún años dos meses antes, cuando Roberto pidió la mano a su novia.
Ella, que lo estaba deseando, contestó con un
— *"¡Sí mi amor, mil veces sí!"*
Cristofer y Ellen, encantados les dieron su bendición Y además como regalo de bodas, les iban a comprar un fabuloso piso en la céntrica **"Calle Zamora"** y transferir a su recién estrenada cuenta bancaria, los cinco millones de euros que le devolvió Luis.

FIN

Del mismo autor

(Publicaciones en Castellano)

— **Perdido**
  (Novela)
— **Tierra sin Vino**
  (Novela)
— **El tesoro caído del Cielo**
  (Novela)
— **Secuestro en Salamanca**
  (Novela)
— **Mercado negro en la costa blanca**
  (Novela)
—**Naturaleza**
  (Relato)

Biografía

*Jose Miguel Rodriguez Calvo
Natural de "San Pedro de Rozados"
(Salamanca) España
Doble nacionalidad hispanofrancesa
Residencia: (Francia)*

Du même auteur en Français

— **Notre petite Maison dans la Prairie**
  (Récit autobiographique)
— **Les dessous de Tchernobyl**
  (Roman)
— **Le Piège**
  (Roman)
— **Amitiés singulières**
  (Amitiés Amour et Conséquences)
  (Roman)
— **Nature**
  (Récit)
— **La loi du talion**
  (Roman)
— **Le trésor tombé du ciel**
  (Román)
– **Prisonnier de mon livre**
  (Récit)
— **Sombres soupçons**
  (Roman)
— **Strasbourg Banque & Co**
  (Roman)
— **Mes amis de la Lune**
  (Hchronie)

Biographie

Jose Miguel Rodriguez Calvo
Né à Salamanca « Castille » (Espagne)
De double nationalité franco-espagnole
Résidence: (France

Jose miguel rodriguez calvo